U0470274

看得见 看不见

[日] 吉竹伸介 著
[日] 伊藤亚纱 顾问　毛丹青 译

江苏凤凰少年儿童出版社

我是一名宇航员，
我的工作是探索不同的星球。

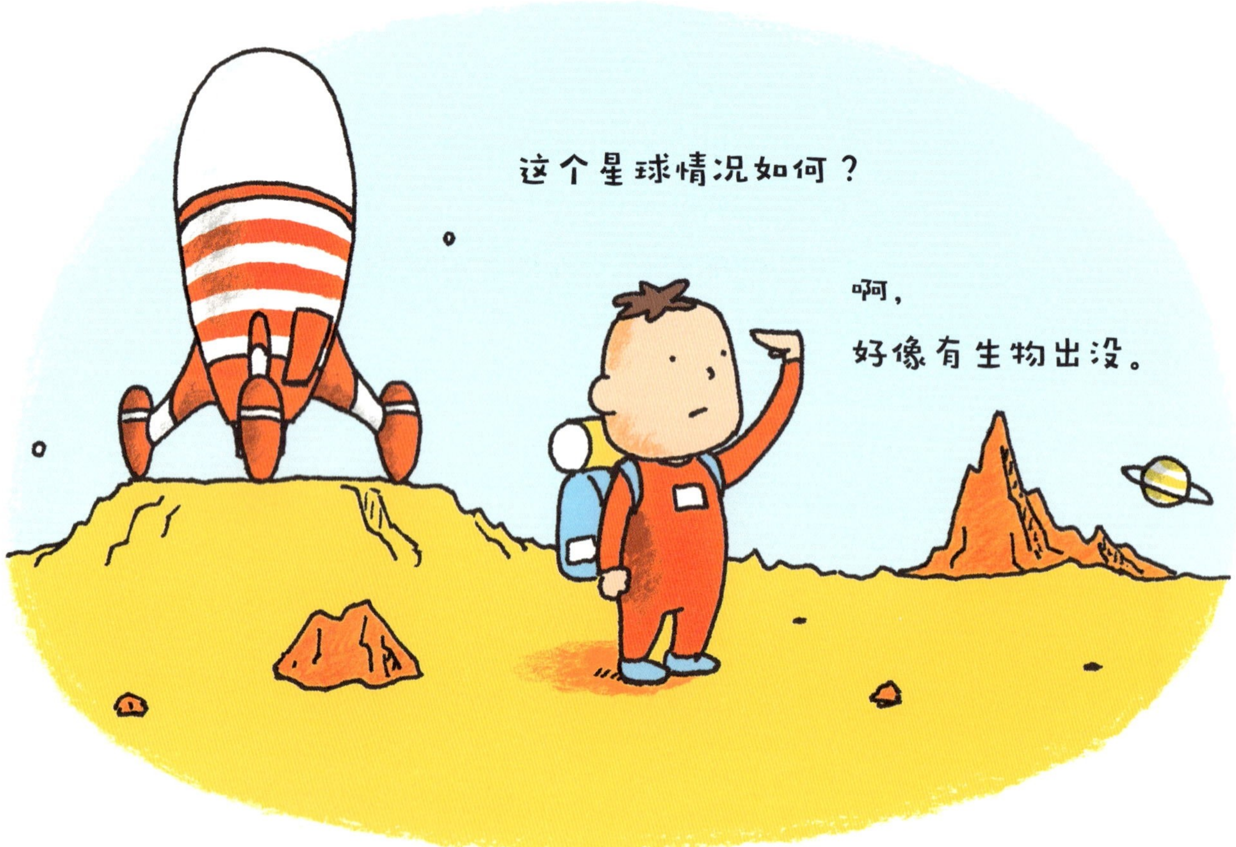
这个星球情况如何？
啊，
好像有生物出没。

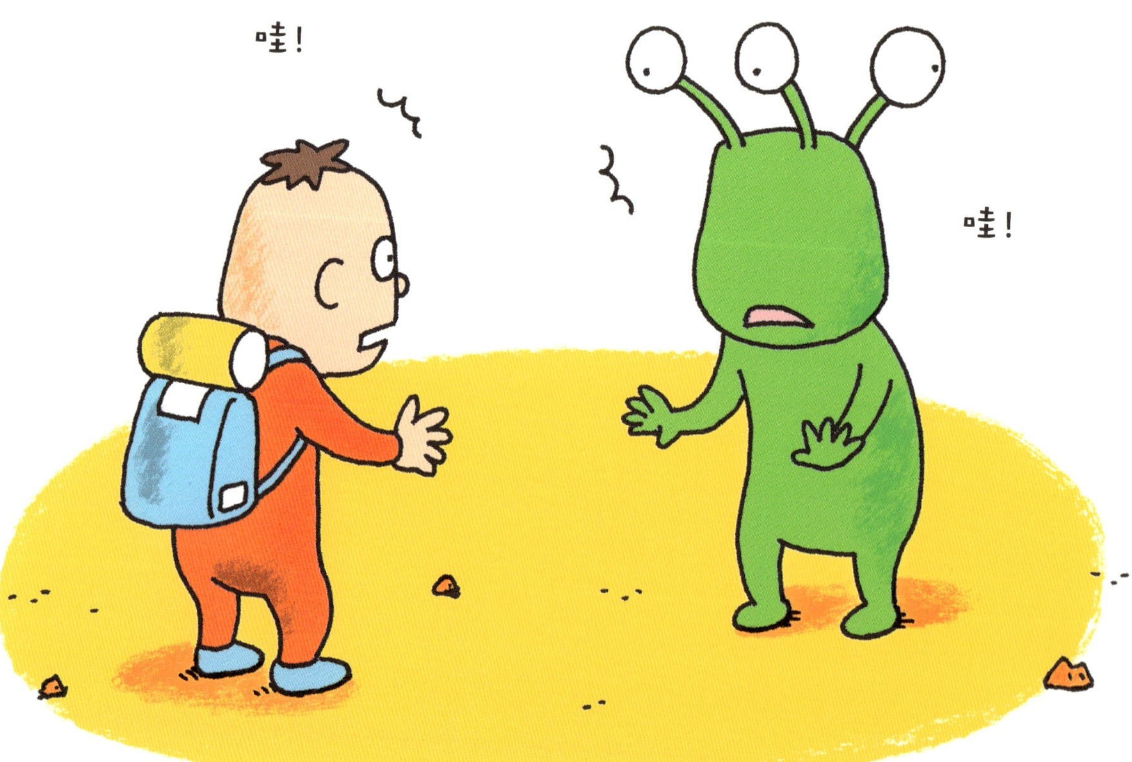
哇！
哇！

这个星球上的人有三只眼睛，
其中一只长在后脑勺上，
所以他们能同时看见前面和后面。

咦？

哇！
你好厉害。

你看不见后面吗？

哎，这样是不是很不方便？好可怜啊！

这个人看不见自己的后背……

太可怜了，别跟他提后背的事情。

没关系,我觉得
我很正常……

太厉害了!
他走得很稳啊!

大家快给他
让让路!

只是因为"看法"不一样,
大家就对我特别关照,
这反而让我有种奇怪的感觉。

经过多方调查，我发现这个星球上也有后眼天生就看不见的人。

你和我一样！

因为我们都看不见后面，所以聊得很投机。
一想到有人跟我一样，心里就踏实了。

地球真好啊！
我在这里是"特别"的那一个，但在地球上，看不见后面才是"正常"的吧？

的确如此。

我去过很多星球，见过各种各样的"正常人"。

长腿人的星球

飞行人的星球

软体人的星球

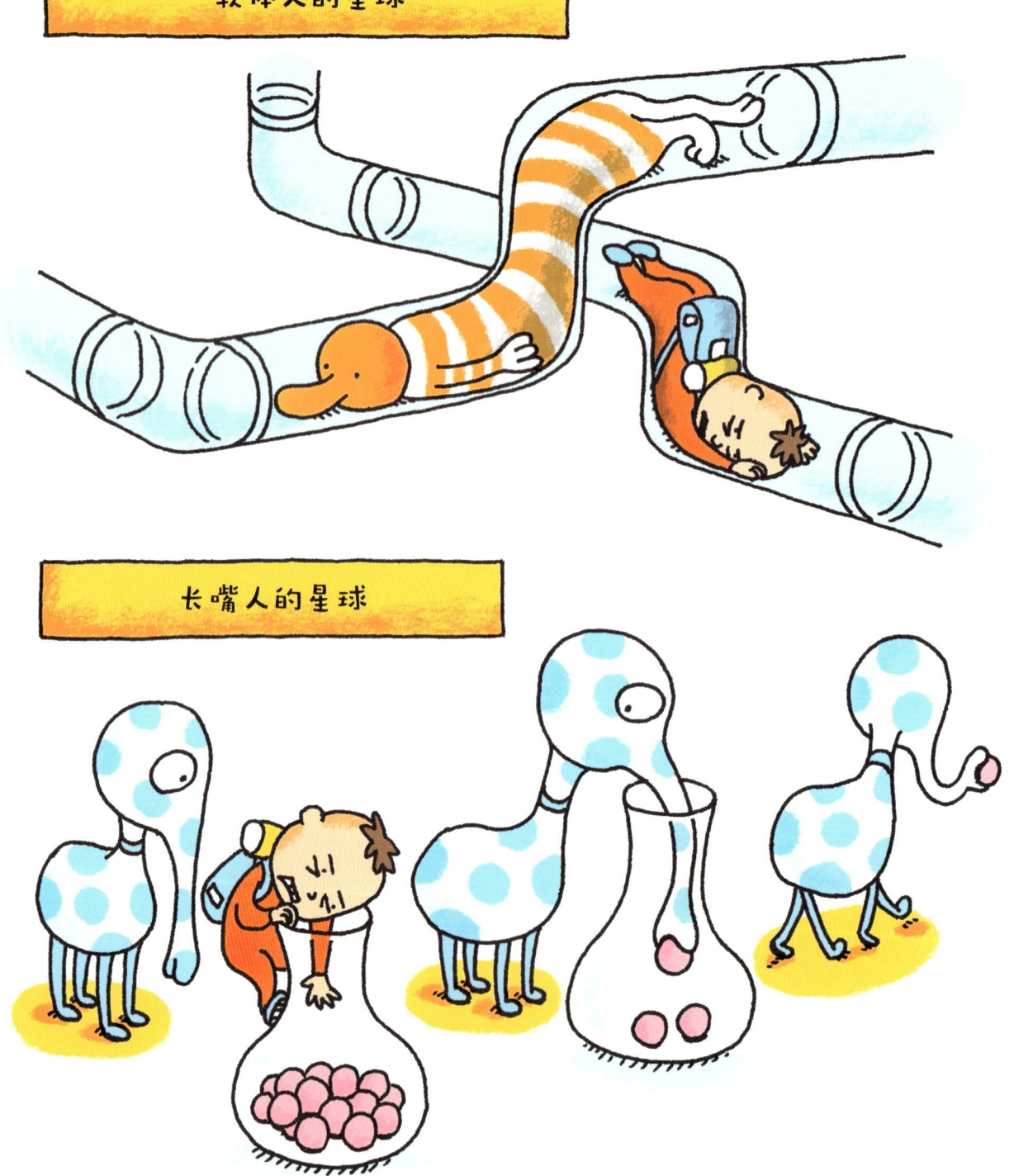

长嘴人的星球

不管在哪个星球，我作为那个"身体特别"的人，都有一些不方便的地方。

这里还有天生每只眼睛都看不见的人。

他感受到的世界和我很不一样。

比如……

看不见的人和看得见的人，
在很多事情上做法都不同。

约在9点见面。

他们用录音记下自己的行程，而不是写下来。

啊！
已经这么晚了。

他们用报时钟表或者触摸式钟表。

所有东西都要放在固定的地方，不然就会找不到，所以他们的房间总是很整齐。

外出时要用拐杖。

啊，这里变高了。

哇，原来这个不是木星汽水，是金星汽水！

从自动贩卖机里买的饮料，他们喝到嘴里才知道是什么。

如果罐子的形状都一样，他们必须尝一尝才知道里面装的是什么食物。

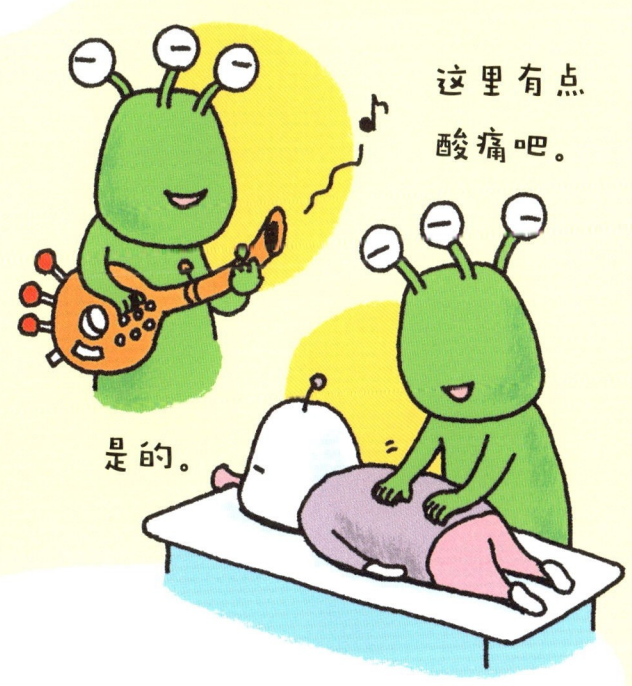

这里有点酸痛吧。

是的。

啊，这个好辣！

他们大多从事乐手、按摩师等依靠耳朵或双手的职业。

对于眼睛看得见的人来说，世界是这样的。

① 在红色花朵处右转。

汪！

② 在红绿灯处左转。

6 到达门牌上写着"304"的房间。

5 在三楼下电梯。

4 进入挂着水母牌子的大楼后，左手边有一部电梯，摁下前往三楼的按钮。

对于眼睛看不见的人来说，世界是这样的。

① 闻到花香后右转。

② 听见狗叫后左转。

③ 听到水声后上桥，接下来有台阶，要小心。

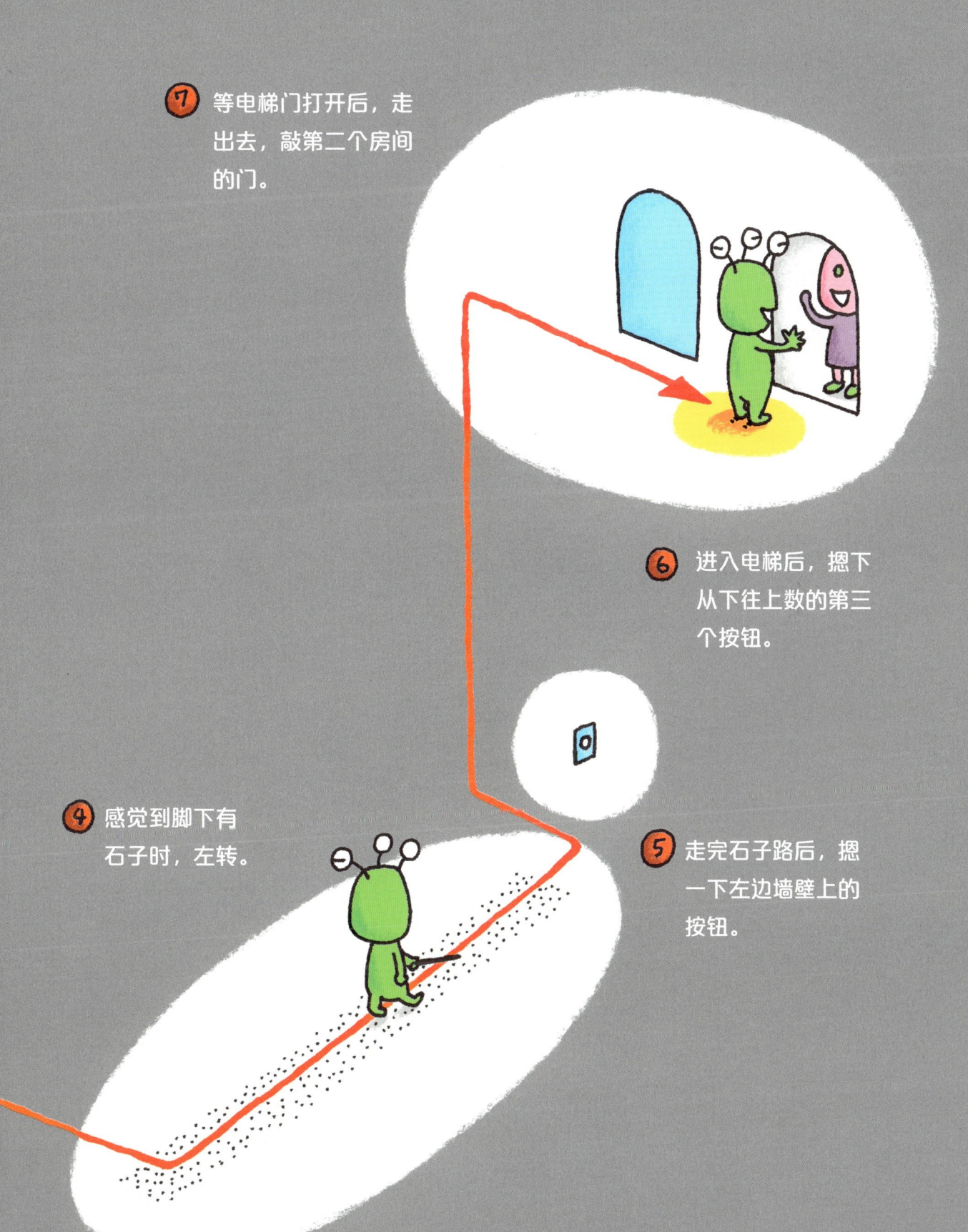

7. 等电梯门打开后，走出去，敲第二个房间的门。

6. 进入电梯后，摁下从下往上数的第三个按钮。

4. 感觉到脚下有石子时，左转。

5. 走完石子路后，摁一下左边墙壁上的按钮。

如果某个星球上，全是眼睛看不见的人……

那一定是这样的吧。

衣服上全是口袋，哪个口袋放了什么，一摸就知道。

这里放的是木星汽水，

这里是火星汽水，

这里是金星汽水。

声音好听的人大受欢迎。

靠触感和气味选衣服。

街道上没有灯，
夜晚漆黑一片。

哇——好可爱！

很不错吧！

不管什么东西，
都可以摸摸看。

用黏土给朋友留言。

吃饭、

唱卡拉OK。

和小美

小美怎么又约我去唱卡拉OK？

看不见的人可以通过声音、气味和触感知道很多事情。

尽管有些事情会"因为看不见而做不到",
但也有很多事情"正是因为看不见才能做到"。

啊,今天的空气好像不太一样。

是啊,跟往常不一样。

↑
眼睛看不见的地球人。

看得见的人和看不见的人，
感受世界的方式完全不一样。

也就是说，他们仿佛住在两个不同的世界。

眼睛看不见的世界，
好像也挺有意思的。

咦——
我还是觉得，
眼睛看得见
更有意思。

如果我们能偶尔
交换一下就好了。

其实，大家都不太一样。
每个人都有自己特别的看法和感受，只有自己最清楚。

高个子的人才能看见的东西。

矮个子的人才能看见的东西。

眼睛看不见的人才能感受到的东西。

耳朵听不见的人才能分辨的东西。

朋友很多的人才能做到的事情。

喜欢独处的人才能注意到的事情。

慢性子的人才能体会的事情。

不能走路的人才会发现的事情。

大人才明白的事情。

小孩才懂的事情。

我们的身体就像交通工具，
每一种交通工具都有它厉害的地方，
但我们无法选择自己拥有哪种交通工具。

这是你的。

每个人真实的心情、经历的辛苦、想做的事情，只有一直坐在这种交通工具上的自己才明白。

维修中心

遇到和自己相似的人时，我们会感到安心。
因为这种交通工具的好坏，我们都知道。

遇到和自己不同的人时，我们会有点紧张。
因为我们不知道对方和自己哪里不一样。不了解，所以会害怕。

不过，如果我才是那个"不一样"的人，

对方还能过来跟我聊天，我会觉得很开心。

你好！

你这种车子怎么拐弯呢？

就算大家非常不一样，只要能互相聊一聊自己做过的事情、遇到的麻烦，或者新的发现，对方一定会说"哇，好有意思"！

要看后面的时候，我就这样一扭。

咦——

真好玩！

考试的时候，我只能用一只眼睛。

哈哈！

好有趣！

是不是很软？

哇——真的很软啊！

虽然我会飞，
但我恐高。

咦——
没想到还有这样的人呢！

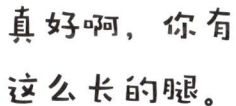

真好啊，你有
这么长的腿。

哎，腿太长，
容易打结，
可麻烦了。

虽然当大人很
辛苦，但也有
很多好处。

嗯，虽然做小孩也很辛苦，
但也有很多好处。

哇，有意思的事情真不少！

不管我的行为和想法多么奇怪，
我相信，这个世界上总会有跟我很像的人。

认为全宇宙
最好吃的东西
是鲑鱼子的人？

我！

经常尿床的人？

我！ 我！

肚子一饿
就没精神的人？

我！ 我！ 我！ 我！

没有枕头
就睡不着的人？

我！

肚子不怕挠痒痒的人？

我！ 我！

喜欢被妈妈紧紧
抱住的人？

我！ 我！ 我！ 我！

无论彼此多么不同，
都会有一起说出"我也是"的时候。

看来，其他星球和地球是一样的嘛！

如果大家能一边寻找彼此的相似点，
一边欣赏彼此的不同，那就太好了。

听上去好像很难，
但做起来也许非常简单。

嗯！让我们一点一点地开始练习吧。

咦，
你怎么只有两只手？
好可怜啊！

还好啊——

咳，两只手是不太够用……

本书的创作灵感来自东京工业大学博雅教育研究院教授伊藤亚纱的作品《不用眼睛才能看到的世界》，故事部分是由吉竹伸介和伊藤亚纱讨论之后完成的。

[日] 吉竹伸介

绘本作家、插画家，1973年出生于日本神奈川县。吉竹伸介小时候是个怕生、内向的孩子，觉得自己做什么都不行，后来因为想当一名制作电影道具或玩偶的手工艺人，读了筑波大学艺术研究科的综合造型专业。毕业后，他进入一家游戏公司，为了缓解压力，常在工作间隙画插画，30岁时出版了自己第一本插画集。

在成为两个孩子的爸爸之后，吉竹伸介出版了第一部绘本作品《这是苹果吗也许是吧》，孩子能从书中感受到"自由想象"的乐趣，一个人也可以乐呵呵地读下去。这部绘本获得3000位日本一线店员评选的"MOE绘本书店大奖"第一名、12万日本小学生评选的"我喜欢的童书"总决选第三名、日本产经儿童出版文化奖·美术奖。由此，吉竹伸介成为日本绘本界备受瞩目的作家。

此后，他又陆续出版了《好无聊啊好无聊》《做个机器人假装是我》《后来呢后来怎么了》《脱不下来啦》《揉一揉啊捏一捏》《只能这样吗不一定吧》等绘本，这些作品长期位居各大畅销排行榜前列，总销量超过350万册。其中，《脱不下来啦》获得2017年博洛尼亚国际童书展特别奖，《好无聊啊好无聊》入选《纽约时报》2019年度十佳绘本。他的绘本已被翻译成中文、英语、法语、西班牙语等，深受世界各国读者喜爱。

[日] 伊藤亚纱

学者、作家。1979年出生于东京，东京工业大学博雅教育研究院副教授，研究领域为美学和现代艺术。她从小立志成为生物学家，却在大学三年级时转读文科，2010年取得文学博士学位。著作有《瓦勒里的艺术哲学或身体解剖》《不用眼睛才能看到的世界》《失明运动员的身体论》《结结巴巴的身体》等。

图书在版编目（CIP）数据

看得见看不见 /（日）吉竹伸介著；毛丹青译. ——南京：江苏凤凰少年儿童出版社，2020.11
ISBN 978-7-5584-2045-0

Ⅰ.①看… Ⅱ.①吉… ②毛… Ⅲ.①儿童故事－图画故事－日本－现代 Ⅳ.①I313.85

中国版本图书馆CIP数据核字(2020)第176530号

Original Japanese title: MIERUTOKA MIENAITOKA
copyright © 2018 by Shinsuke Yoshitake, Asa Ito
Original Japanese edtion published by Alicekan Ltd.
Simplified Chinese translation rights arranged with Alicekan Ltd. through The English Agency (Japan) Ltd. and Bardon-Chinese Media Agency
Simplified Chinese translation copyrights © 2020 by ThinKingdom Media Group Ltd.
ALL RIGHTS RESERVED

著作权合同登记图字：10-2020-149

书　　名	看得见看不见
著　　者	[日] 吉竹伸介
顾　　问	[日] 伊藤亚纱
译　　者	毛丹青
责任编辑	陈艳梅　秦显伟　代　照
助理编辑	朱其娣
特约编辑	黄　锐　卢霈榆
美术编辑	徐　勍　江宛乐
内文制作	杨兴艳
责任印制	马春来
出版发行	江苏凤凰少年儿童出版社
地　　址	南京市湖南路1号A楼，邮编：210009
印　　刷	北京奇良海德印刷股份有限公司
开　　本	889毫米×1080毫米 1/16
印　　张	2
版　　次	2020年11月第1版　2022年1月第8次印刷
书　　号	ISBN 978-7-5584-2045-0
定　　价	59.80元

版权所有，侵权必究
如有印装质量问题，请发邮件至 zhiliang@readinglife.com